A la Júlia, en Pol i l'Arnau.

SOPA DE LLIBRES

Toni Villalobos

M'avorreixo, va dir en Pol

ARCANOVA EDITORIAL

Il·lustracions de Lluís Filella

1
UN DESPERTAR UNA MICA MOGUT

–Au, desperta't!

–Oh, no! Tinc molta son. No pot ser que ja sigui de dia– va protestar en Pol mentre es tapava el cap amb els abrigalls.

–Va, que són les vuit del matí. Lleva't de seguida, que avui t'he d'acompanyar a l'escola i a quarts de deu tinc una reunió de treball –va dir la mare mentre apartava la cortina de la finestra i deixava entrar els primers raigs de llum.

Per motius de feina, els pares d'en Pol havien demanat el trasllat. Abans de les vacances de Nadal l'havien matriculat en una escola a prop de casa i havien quedat que la mare l'acompanyaria el primer dia de classe.

Amb els ulls ben entelats, en Pol mirava a través de la finestra i la claror del dia li feia arrufar una mica les celles.

En Pol era un noi molt espavilat amb una qualitat ben curiosa: el món que tenia al seu voltant, de tant en tant, es transformava en un món màgic ple de situacions inversemblants i fantàstiques que només ell era capaç de viure.

Aquell matí, les busques del rellotge despertador que tenia damunt la tauleta de nit es movien amb parsimònia assenyalant-li les vuit. De sobte, va veure com aquell despertador li feia l'ullet. Semblava que li deia: «Bon dia, Pol», «Ja és hora de llevar-te, Pol», «Vés a rentar-te la cara, Pol».

Mentre el noiet se'l mirava intrigat, els números que assenyalaven les hores es transformaven en diferents personatges.

S'estava a punt de produir la primera aventura fantàstica del dia.

L'u es va convertir en la tieta Eulàlia, la que sempre li pessigava el nas i feia veure que l'hi havia arrencat.

El dos tenia la mateixa cara que en Jordi, el seu cosí, a qui no podia veure ni en pintura. En Pol li va treure la llengua. Ja feia temps que no en sabia res, d'ell, però encara recordava el mal tràngol que li va fer passar la darrera vegada que l'havia visitat.

El número tres era igual que la Margarida, una companya de l'antiga escola, que quan el veia se'l quedava mirant amb aire enamoradís. En Pol va notar com les galtes se li encenien de vergonya. Aquella nena sempre volia seure al seu costat i els amics li van treure una cançoneta fent referència a aquells amors platònics.

El quatre coincidia exactament amb Leonardo di Caprio, el seu actor preferit. Més d'una vegada, la mare l'havia descobert davant del mirall repetint escenes de la pel·lícula *Titànic*. Quan es van mirar, en Leonardo li va fer un somriure d'allò més simpàtic.

El cinc tenia el mateix posat que en Marc, un tiet seu. S'ho passava molt bé amb ell. De tant en tant feien una botifarrada amb tota la família i ells dos organitzaven els jocs per a tothom.

El sis era idèntic a l'entrenador de bàsquet, fins i tot vestia el mateix xandall que deixava veure un munt de molles cada vegada que s'ajupia.

El set li va recordar una foto del seu pare vestit de soldat quan feia la mili.

Només quan va arribar al vuit es va adonar que l'agulla dels segons li portava malastrugança. Corria com solen córrer les busques dels segons: molt ràpidament, molt ràpidament, gairebé sense respirar. A mesura que s'apropava a un número, millor dit, al personatge que representava el número, el feia desaparèixer com si l'engolís. Un calfred el va sacsejar. Encara que en Pol sabia que no corria cap mena de perill, aquella situació li resultava angoixant. Tot d'una, la mare va treure el cap per la porta i en Pol va xisclar ben espantat.

–Aaahh!

–Què et passa? –li va preguntar, estranyada.

–No, no res –va respondre en Pol–. Ha estat un ensurt.

–Bé, doncs, espavila't, que ja tens l'esmorzar a taula.

Un cop vestit, es disposava a fer-se el llit, quan el gran drac que hi havia dibuixat a la vànova va començar a moure's mentre llançava foc i fum per la boca. Amb un cop de cua li va fer caure uns quants llibres de la prestatgeria.

La segona aventura va fer acte de presència.

En Pol va agafar la raqueta de tennis i es va enfrontar amb el monstre, que maldava per aixecar-se. Al bell mig del cobrellit es veia un fragment de la Gran Muralla. Per un costat galopaven dos genets de la dinastia Ming. El raig de sol que entrava per la finestra feia brillar les proteccions daurades dels seus cavalls negres. Aquells dos soldats es dirigien cap al rèptil volador apuntant-lo amb els arcs. Amb un moviment rapidíssim, el drac va llançar una flamarada contra un dels guerrers. Però aquest es va tirar a terra i es va salvar de morir socarrimat. L'altre va tensar l'arc i la sageta va sortir xiulant com un coet de dret al coll de la bèstia. Només tocar-la, la sageta va rebotar tot clavant-se a la porta de l'habitació, vibrant com una corda de guitarra. En Pol va deixar de banda la raqueta mig trencada i, armat amb un pal d'hoquei, etzibava cops i més cops al cap d'aquell monstruós animal, que girant-se amb suavitat va obrir la boca ensenyant una filera de dents i una llengua bífida negra com el quitrà. De l'interior de la gorja li sortien uns nuvolets de fum... El foc estava a punt d'aparèixer. En Pol va pensar que no trigaria gaire a convertir-se en un tros de carbó...

–Va, nen, que es fa tard! –va cridar una altra vegada la seva mare des del rebedor.

Tornant a la realitat, en Pol va donar un cop de canell i va estirar la vànova. Aquesta va recuperar el drac i els soldats xinesos on sempre havien estat. Després de sospirar alleujat, el xicot va sortir de la seva habitació i va anar cap a la cuina. Abans, però, va mirar la porta per trobar la fletxa llançada pel genet, i l'únic que va veure va ser el pòster d'Els Pets que anunciaven el seu últim disc compacte.

2

A L'ESCOLA FALTA GENT

La mare va sortir al replà de l'escala, va pitjar el botó de l'ascensor i va tornar per dir a en Pol que anava a comprar el diari i que l'esperava al carrer.

Després d'haver esmorzat i agafat la cartera, en Pol va baixar els esglaons de dos en dos. Arribava a la planta baixa quan la portera, arrossegant el carret d'anar a plaça, obria la porta d'aquell ascensor atrotinat i deixava que l'olor de la colònia de la mare s'escampés pel passadís.

Mare i fill anaven per la vorera mirant els aparadors. En deu minuts es presentaren davant la nova escola, on hi havia un grapat de nois i noies xerrant pels descosits amb motxilles de rodetes o bé carregades a l'esquena. Com que no coneixien a ningú es van asseure en un banc de fusta. La mare va començar a fullejar el diari. En Pol va treure la seva negra i preciosa baldufa ben guarnida d'estrelles brillants. La va embolicar amb la corda com si fos un vestit per ballar i la va llançar amb l'habilitat que el caracteritzava. Mitja dotzena de nois i noies es van quedar extasiats veient-la girar, fins que es van adonar que les portes de ferro del col·legi s'havien obert de bat a bat. En Pol va recollir la seva joguina i, posant-se al costat de la mare, va caminar entre aquella munió de persones fins al vestíbul. Un cop allí van esperar que algú vingués a rebre'ls. Aquest algú es va presentar en forma de dona, la Mari Pau, la secretària: alta, rossa, prima i amb unes ulleres que feien equilibris sobre la punta del nas.

–En Pol, oi? –va preguntar una boca vermella, la de la Mari Pau, que emmarcava unes dents blanques com la neu.

–Sí, i vaig a cinquè –va respondre el noi mentre, instintivament, s'apartava d'aquelles ulleres amb por que no li caiguessin al damunt.

La mare es va quedar palplantada al costat d'un gran tauler de suro ple de fotografies. Després d'acomiadar-se d'en Pol, va mirar el rellotge i va sortir sallant cap a la feina.

Al pati, els alumnes feien filera i en Pol, acompanyat de la secretària, es va situar a la cua d'una. Els nois i les noies se'l van quedar mirant, intrigats, preguntant-se qui era aquell nou alumne, amb cara d'espavilat, que somreia a tothom.

La directora va saludar tots els cursos i els va desitjar un bon any i un bon retrobament a l'escola; tot seguit, començant pels petits, van anar entrant a les classes. L'aula de cinquè tenia les taules de dos en dos i a mesura que els alumnes entraven s'asseien a les cadires. En Pol es va quedar al costat de la pissarra sense saber què fer. De sobte, es va obrir la porta i va aparèixer una figura alta com un sant Pau que va anar directament a la taula del professor.

–Bon dia –va dir.

–Bon dia! –van ressonar vint-i-quatre veus.

Era en Joan, el tutor de cinquè.

–En Pol, oi? –li va preguntar.

–Sí –va respondre el nostre amic recordant que era la segona vegada que li feien la mateixa pregunta.

–Seu aquí al davant.

En Pol va deixar la motxilla a terra i va seure amb els braços encreuats igual que l'alumna que tenia al costat.

El mestre, en Joan, els preguntava com havien anat les vacances i si havien tingut gaires regals. Els alumnes contestaven tan ordenadament que en Pol fins i tot se'n va sorprendre, acostumat com estava a l'altra escola, on els companys i ell mateix eren molt més xerraires i moguts.

En un moment donat tothom va treure el llibre de mates i la seva llibreta. En Joan va dibuixar a la pissarra un triangle, un quadrat, un rectangle i una circumferència. La classe guardava un silenci sepulcral, només trencat pel carrisqueig del guix. No hi havia ningú que badés boca. En Pol, en girar-se, va quedar ben al·lucinat: els alumnes estaven dibuixant aquelles figures geomètriques com si fossin autòmats. De sobte, quan va mirar cap endavant, el que va veure encara li va estranyar molt més... Al triangle que en Joan havia dibuixat, li van aparèixer una boca, dos ulls i un nas. Amb un moviment ràpid, aquella figura es va empassar la circumferència. En Pol va donar un cop de colze a la companya que tenia a la dreta, però ella va continuar corregint sense immutar-se. Va mirar la resta de companys i companyes i tots estaven, si fa no fa, repassant els seus exercicis. Estava ben atabalat quan es va adonar que una visió extraordinària, la tercera del dia, se li estava reproduint al bell mig de la classe de matemàtiques.

–Ep, que et passa alguna cosa? –va preguntar el mestre deixant d'escriure.

Però en Pol, va reaccionar de seguida fent veure que no trobava la goma.

–No, no res, buscava la goma i ja l'he trobada –va dir vermell com un perdigot.

El mestre, ara, feia tombs per l'aula per tal d'ajudar aquells alumnes que no entenien alguna cosa o que s'havien equivocat en algun dibuix.

Després d'acabar els exercicis, el nostre amic no s'atrevia a aixecar la vista del seu quadern, sabia què passaria si mirava la pissarra. Dissimulant com va poder, va començar a llambregar al seu voltant. Primer ho va fer cap a la finestra que tenia a l'esquerra, després continuà amb una foto d'un poblat amb cases fetes de fang i el sostre de palla que envoltaven un arbre grandíssim. Era un poblat africà. Al costat mateix hi havia un test preciós de ceràmica amb un bonsai. En Pol s'hi va fixar millor i va veure que aquell arbre petit s'assemblava molt al de la fotografia. Quan va tornar a posar l'ull sobre la pissarra, el triangle que s'havia empassat la circumferència anava movent la boca. Uns segons després, els llavis es van obrir i bufant amb suavitat van fer aparèixer la gran bombolla d'un xiclet gegant. El triangle, tot fent-li l'ullet, li va dir:

–Que n'és, de bona, aquesta circumferència! Té gust de maduixa.

Una mica inquiet, com cada vegada que tenia una aventura de les seves, en Pol es va aixecar de la cadira amb l'excusa d'anar a la paperera a fer punta al llapis. El mestre, que en aquells instants passava pel darrere, li va donar un guix i li va dir mentre somreia:

–Molt bé, Pol, ja veig que tens moltes ganes de treballar.

El marrec es va girar i ara els seus companys i companyes estaven amb els braços plegats esperant que ell sortís a resoldre els problemes.

Es va apropar amb precaució a la pissarra, però no calia que tingués por de res. Les figures continuaven senceres i sense moure's.

En arribar l'hora d'esbarjo, cadascú va agafar el seu entrepà i en una fila ben feta van sortir al pati. Es van formar dos equips per jugar a bàsquet. En Pol, que feia tres anys que jugava amb un equip federat, va causar sensació. La mitja hora va passar molt de pressa. El timbre de tornada a classe va sonar, les files, un cop fetes, avançaven de cara a la porta i els alumnes, l'un darrere l'altre, van anar desapareixent com si l'edifici se'ls empassés. El pati va quedar un altre cop completament buit. Al cap d'una estoneta, un grapat de pardalets i coloms baixaven a atipar-se amb les engrunes de bollicaos i d'entrepans que els nens havien deixat caure en les seves corredisses i els seus jocs.

A la tarda, en Pol va tenir la mateixa sensació que al matí: aquella classe era molt avorrida i els seus companys eren uns autèntics pallussos.

3

UNES LLETRES BELLUGADISSES

Mentre sopaven, els pares d'en Pol el van bombardejar amb preguntes:

–Com va l'escola? –va començar la mare.

–Molt bé, però una mica, per no dir molt... avorrida.

–Què vol dir avorrida? –va preguntar el pare.

–Doncs, això, que és molt avorrida, sobretot els companys.

–Que has tingut cap problema? –va continuar la mare.

–No.

–I doncs? Si no t'expliques millor... Per què són tan avorrits, els teus companys? –va inquirir el pare.

–Doncs, que tinc uns companys i unes companyes que només pensen a treballar, tota l'estona treballant i sense obrir boca. A l'altra escola també treballàvem, però sempre hi havia algú que parlava o ens feia riure.

Els pares es van mirar sense saber què dir.

–A veure, a veure –va voler aclarir el pare–. Tu per què vas a l'escola? Per estudiar o per parlar i riure?

–Pare, no em diràs que quan tu anaves a l'escola no intentaves passar-t'ho bé.

La mare, posant-se el tovalló davant la cara, va dissimular un somriure.

–I tu també, mare; segons l'àvia, els teus profes més d'una vegada t'havien fet fora de classe perquè xerraves pels descosits.

–Està bé. Tens tota la raó del món –va dir la mare tornant a adoptar un posat més seriós–. Però com pots comprendre nosaltres no et direm que parlis i facis gresca a les hores de classe.

–Sí, ja ho entenc, però sou vosaltres

els qui heu preguntat... A més, oi que quan veníeu a les reunions de l'altra escola, sempre us quedàveu encantats amb els dibuixos i els treballs que vèieu als passadissos i a les classes? Doncs, al passadís on som nosaltres no hi ha absolutament res, i a l'aula, tampoc, i això que ja ha passat el primer trimestre.

–Potser ho posaran més endavant, o potser ja ho han tret –va assenyalar el pare enforquillant una oliva sevillana amb gust d'anxova.

–A mi em sembla que en aquella classe hi ha alguna cosa que no rutlla prou bé

–va reiterar en Pol mentre agafava el plat i el portava a la cuina.

El pare i la mare es van tornar a mirar, però aquesta vegada es veien més preocupats.

La conversa es va donar per tancada i tots tres van acabar de desparar taula. En Pol va anar a la seva habitació i va obrir el diari.

«Estimat diari:» –va començar a escriure–. El bolígraf lliscava suaument per damunt del full i, a mesura que anava guixant, deixava un rastre de lletres i paraules... De sobte, les paraules van començar a bellugar-se. Es movien ordenadament, efectuant una dansa africana. Sorolls de tambors acompanyaven els seus moviments compassadament. Cada dos o tres passos saltaven i giraven alhora. Les majúscules amb les majúscules i les minúscules amb les minúscules, les vocals ben juntetes i les consonants, que eren la majoria, feien una gran rotllana al seu voltant... fins que la mare el va fer tornar a la realitat.

–Que no t'has posat al llit, encara?

El noi, tot fent un bot de la cadira, es va posar el pijama. Quan va acabar va pensar que aquella fantasia era de les que li agradaven.

Abans de posar-se al llit va mirar el diari i va veure que el que havia escrit tornava a ser al full i que no hi faltava ni una coma.

4

Un estrany sopor

L'endemà, en Pol va anar sol a l'escola. A l'entrada es va reunir amb un grupet de companys i companyes i tots plegats van anar cap a classe parlant i rient. Quan van entrar, en Joan els esperava assegut a la cadira. Així que el van veure van guardar silenci, llevat d'en Pol, que continuava parlant com si res.

–Ei, Pol, estàs parlant sol, que no ho veus? –li va dir en Joan fent un fals somriure.

Els alumnes van seure a les seves respectives cadires i van obrir el llibre de llengua, després es van posar amb els braços creuats esperant que en Joan comencés la classe.

–Bon dia –va dir.

–Bon dia –van ressonar vint-i-cinc veus.

–Avui estudiarem els verbs...

–...Ostres, no! –va exclamar en Pol, mentre es tapava la boca, després d'adonar-se que l'havia ben espifiada.

Impressionava, això de tenir tota una classe al darrere en silenci i només sentir la pròpia veu. A l'altra escola no li havia succeït mai; si més no, quan passava, la majoria dels alumnes reien, fins i tot el mestre o la mestra feien un somriure.

Però en Joan se'l va mirar de fit a fit i només li va dir que a l'hora del pati li faria companyia.

En Pol estava ben preocupat, no perquè el castiguessin –no era la primera vegada–, sinó perquè li semblava excessiu.

La classe de llengua va transcórrer sense pena ni glòria, tothom callat i en Joan passejant-se amunt i avall veient com treballaven els alumnes. En Pol no va tenir cap tipus d'aventura meravellosa, estava massa capficat per distreure's amb la seva imaginació.

A quarts d'onze, tota la classe, menys en Pol i en Joan, va sortir al pati.

–Que puc anar al lavabo? –va preguntar en Pol.

–Sí, però no triguis.

Un cop al passadís, en Pol es va recordar que no havia avisat que es quedava al menjador i va tornar a l'aula per demanar a en Joan si hi podia anar en un moment. Quan es disposava a entrar, va veure per l'escletxa de la porta que en Joan tirava unes pólvores per damunt d'aquell arbre encongit mentre cantava molt fluix. Es va apropar més i es va concentrar en el que deia en Joan. Eren unes paraules força estranyes i mentre les recitava tremolava de cap a peus. A en Pol li feia una mica de basarda i va preferir continuar mirant abans d'entrar.

Damunt la taula del mestre hi havia una caixeta de fusta plena de diverses eines; en Joan va agafar un aspersori i va ruixar les branques; després va continuar amb aquella estranya cançó. Eren uns càntics de ritme monòton que recordaven el so d'un tambor. Quan va acabar aquella estranya cerimònia, en Pol va entrar com si res no hagués vist. Es va trobar amb una mirada freda i impenetrable, inexpressiva. Va sonar el timbre que anunciava el final del pati. En Joan va consultar el rellotge i, després de dubtar uns segons, va caminar cap a la porta.

–Espera't aquí, que vaig a buscar els teus companys... i no t'apropis al baobab! –li deia mentre assenyalava l'ar-

bre–. No m'agrada que ningú s'hi arrambi quan jo no hi sóc.

Efectivament, en Pol estava disposat a fer tot el contrari del que en Joan li havia manat, és a dir, va anar cap a l'arbre –baobab, li havia dit que es deia, mai no havia sentit una paraula com aquella– i se'l va mirar amb curiositat. De fet era un exemplar ben curiós. Però el que més li va cridar l'atenció va ser un recipient que hi havia al costat mateix del test de ceràmica i que contenia unes quantes pedretes. Estaven enceses, però no feien fum, més aviat deixaven anar una olor dolça i molt suau. Una deliciosa sensació va envair en Pol. Un sopor que es va trencar de sobte quan els seus companys i en Joan van entrar a l'aula. Quan aquest el va veure tan a prop del baobab li va fer una llambregada que gairebé el va petrificar.

–T'he dit que no volia que estiguessis a prop de l'arbre! –va cridar donant un cop de porta.

Tots els nois i noies es van quedar mirant el pobre Pol. Aquest va abaixar el cap i va seure ràpidament a la seva cadira sense saber què fer, ni què dir.

5

LA REBEL·LIÓ DELS LLUÇOS

A l'hora de dinar, el mestre de guàrdia del menjador li va explicar que un dia a la setmana s'havia de posar de cap de taula amb els nens de cinc anys. Havia de servir el menjar, l'aigua i procurar que no parlessin fort. De fet, era molt semblant a la manera com ho fèiem a l'altra escola, va pensar en Pol. El primer plat d'avui era arròs a la cubana, un plat que, normalment, els alumnes menjaven amb un tres i no res. El segon ja era més problemàtic, les rodanxes de lluç, encara que fossin arrebossades, solien tenir força enemics. Els nens i les nenes d'aquesta edat podien passar d'un somriure encantador a una plorera eixordadora.

El carro del menjar passava per davant de les taules i un munt d'ulls inquisidors anaven escrutant les safates com si diguessin: «oh no, un altre cop peix!». Els encarregats de taula s'aixecaven i repartien els lluços. Cada plat tenia al seu costat una forquilla, un got mig ple d'aigua i un tovalló de paper. Així que en Pol havia acabat de servir el primer nen, es va iniciar una nova aventura.

La forquilla que tenia més a prop es va posar dreta i amb un moviment d'esgrima va tornar el lluç a la safata. Amb les pinces que portava a la mà, en Pol la va pessigar i la va immobilitzar, mentre amb una cullera tornava a escudellar el peix. Amb el següent plat no va tenir cap problema. Quan anava a servir el tercer, el tovalló de paper va grimpar pel got i, introduint-se dins de l'aigua, va intentar esquitxar-li la cara. En Pol reaccionà de seguida tapant-se-la amb la tapa de la safata del peix. Tot seguit, com si no hagués passat res, va continuar servint els lluços que faltaven. Ni cap forquilla ni cap estri més no es va bellugar en senyal de protesta. Però quan el noi va asseure's a la cadira, aquells peixos, amb els seus arrebossats, van començar a sortir dels plats. De mica en mica, els medallons van unir-se els uns amb els altres fins a adquirir la forma de peix sense cap. En Pol va donar un cop ben fort sobre la taula i la fantasia va desaparèixer. Els sis alumnes que tenia al seu càrrec van fer un bot, van callar de seguida i es van menjar el seu tros de lluç sense badar boca... El iogurt per postres no li va causar ni mig problema.

La classe de la tarda va ser molt avorrida. Els alumnes estaven callats i escoltaven les explicacions del profe en silenci

sepulcral. En Pol va intentar parlar amb la seva companya, però cada vegada que ho feia se sentia rebutjat. Llavors es va posar a picar amb el llapis com si la taula fos una bateria. En Joan, a penes va sentir-lo, el va fer fora de classe. Tot sol allí al passadís no se li va ocórrer altra cosa que treure la seva preciosa baldufa. De sobte, es va obrir la porta i va aparèixer el mestre amb cara de pocs amics.

–Quan s'acabi la classe em portaràs la teva agenda i et posaré un comunicat per als teus pares –li va dir molt enfadat.

–Però si no he fet res...

Abans d'acabar la frase, el noiet va veure com la porta se li tancava davant dels nassos. Dolgut per aquest menyspreu i rabiós com estava, va llançar la baldufa contra el sòcol de la paret. Un crit de dolor va sorgir de davant dels seus peus. La baldufa estava mig estabornida i tot d'estrelles verdes i brillants van quedar escampades per terra.

–Ei, que jo no t'he fet res de dolent! –va exclamar la pobra joguina.

Avergonyit pel seu comportament, en Pol es va ajupir i, com si fos un ocell acabat de caure del niu, la va agafar amb les dues mans. Després va recollir totes les estrelles que li havien caigut i les va enganxar amb saliva. En uns segons, la baldufa tornava a estar vestida amb els seus guarniments i, tot dedicant-li un bonic somriure, va començar a ballar-li al palmell de la mà. Feia voltes i més voltes sense parar. En Pol notava unes pessigolles agradabilíssimes i, de mica en mica, va recuperar el bon humor, però dintre seu li quedava l'angúnia de pensar què dirien a casa quan veurien el comunicat d'en Joan.

6

La tribu dels Tamango

Quan va arribar a casa, en Pol es va posar a mirar un reportatge que feien a la tele. La mare encara era a la feina. De tant en tant recordava el que li havia passat avui i es posava de mal humor. Se sentia tractat injustament i pensava demanar als seus pares que el traguessin d'aquella escola immediatament. En un moment donat va canviar de cadena i va veure que parlaven de la vegetació africana i més concretament dels baobabs. Escoltava molt atentament i el va sorprendre el que deien sobre aquells arbres. El documental no va tardar a acabar-se i en Pol es va quedar amb les ganes de saber-ne més coses. «Aniré a la biblioteca», va pensar, mentre sonava el timbre de la porta. Va obrir, i el somriure de la mare el va animar una mica.

–Com va, Pol? –va preguntar mentre li feia un petó.

–No res, poca cosa –va contestar en Pol, un xic deprimit.

–Que has tingut algun problema?

–El mestre m'ha posat un altre comunicat.

–Que t'has portat malament?

–No, i ara, el que passa és que el profe i els companys d'aquella classe són una llauna.

–Una llauna, per què una llauna? –va continuar, la mare, amb el seu interrogatori.

–Gairebé ni he parlat i en Joan m'ha fet fora de classe. Jo no vull tornar a veure'l mai més. I et diré una cosa... l'he vist fer unes coses molt estranyes.

–Què vol dir que l'has vist fer unes coses molt estranyes?

–Doncs que parlava amb les plantes i els llançava unes pólvores...

–...Ah, si és per això no t'amoïnis, l'àvia i jo mateixa també parlem amb les plantes. Els biòlegs diuen que així creixen més ràpidament i es fan més boniques. I les pólvores, mira que n'ets, de ruc!, devien ser alguna mena d'adob.

–Sí, però hi ha maneres i maneres de fer-ho. Tu segur que els parles en català, oi?

–És clar. En quin idioma vols que ho faci?

–És que ell els parlava en un idioma que jo no havia sentit mai. I tampoc et poses a tremolar quan ho fas, oi que no?

–Ves, potser sap alguna cançoneta anglesa i de passada la ballava.

–No era anglès.

–I francès?

–Tampoc.

–Italià?

–No.

–Alemany?

–No, et dic que no. No era cap idioma conegut.

–No sabia que coneguessis tants idiomes –li va dir la mare, sorneguerament.

–Ja està bé, eh, mare? Quan no vols entendre les coses... –va respondre, molt empipat, el xicot.

–Va, no t'enfadis, home, no veus que era una broma?

La mare mentre amb una mà acaronava els cabells d'en Pol amb l'altra li feia un pessic a la galta.

–Si vols aniré a parlar amb en Joan la setmana vinent. Ara, saps què podries fer? Vés a llogar una pel·lícula de vídeo i jo em poso a fer el sopar, el teu pare no pot trigar gaire.

El noi s'hi va conformar i després va agafar la targeta del vídeo.

–Mare, tu ja saps que t'estimo i no és la meva intenció causar problemes. També sé que quan vau canviar de feina, ho vau fer pensant en mi... Però espero que m'entenguis... en aquesta escola m'avorreixo –va dir en Pol traient el cap per la porta de la cuina abans de sortir a l'escala.

–Jo hi ha dies que també m'avorreixo a la feina, sobretot quan no em surten bé les coses –va contestar la mare fent-li un somriure.

Després, mirant-lo dolçament, li va comentar que era qüestió de temps i que de mica en mica aquella escola li acabaria agradant.

Havent sopat, van veure la pel·lícula de vídeo, i quan se n'anaven al llit, en Pol va recordar que l'endemà, dissabte, volia anar a la biblioteca a cercar més informació sobre els baobabs. Aquell reportatge que havia vist a la tele li havia despertat la curiositat.

7

AVENTURA A LA BIBLIOTECA

Eren les vuit del matí i en Pol estava acabant d'esmorzar. El pare, quan el va veure, es va estranyar moltíssim, però el noi li havia dit que havia quedat amb un company per fer un treball de socials. Va acabar de seguida i a l'acte estava davant de la porta de la biblioteca.

Quan la Sara, la bibliotecària, va arribar, se'l va quedar mirant una mica sorpresa. Normalment, els dissabtes, els usuaris de la biblioteca solien ser joves universitaris i, si venien nens com aquell, ho feien al voltant del migdia o a la tarda.

–Vull tota la informació que tingueu sobre vegetació africana –va engegar-li en Pol sense donar-li temps de ficar la clau al pany.

–Ei! Bon dia, no?

A la Sara li agradaven els nens, i més si eren espavilats com aquell, però després de tants anys treballant a la biblioteca donava molt valor a les normes. Per a ella saludar, acomiadar-se i donar les gràcies era fonamental en l'educació del jovent.

–Bon dia –va respondre el xicot mentre intentava mostrar la seva cara més simpàtica.

Un cop van entrar a la biblioteca, la Sara va obrir les finestres i uns raigs de llum van inundar els prestatges plens de llibres. Després va anar cap a un racó i amb l'ajuda d'uns fils va fer aparèixer unes cortines mig transparents que servien per esmorteir aquella llum solar.

–Si busques en aquells prestatges d'allà al fons potser trobaràs alguna cosa –li va dir en to burleta. La biblioteca disposava d'una de les millors col·leccions sobre vegetació africana de la ciutat.

Com un estaquirot, es va quedar en Pol davant de tots aquells llibres. La Sara, amb ganes de seguir fent-li la guitza, i aprofitant que encara no havia arribat ningú, es va apropar per veure com acabaria aquella història.

–Què, en tindràs prou, d'informació?

Els llibres que hi havia als prestatges van anar caient, però abans de tocar terra s'obrien pel mig. Es transformaven en una multitud d'aus i les tapes els feien d'ales. Els xiscles dels guacamais blaus es barrejaven amb els cants dels rossinyols; els tucans amb els seus enormes becs intimidaven els pobres mussols amb cara de savis despistats. Tot plegat formava una gran munió de colors que s'enlairava fins al sostre i deixava sentir un guirigall eixordador. Els més petits, com ara les orenetes, les mallerengues, els verderols, les caderneres... s'empaitaven jugant per sota les taules de fusta.

Els collverds, els morells, les oques, els ànecs, els cignes... es posaven damunt dels mobles i es passaven el bec entre les plomes com si se les pentinessin. Els diccionaris grans feien d'àligues i de voltors que planaven pel costat dels fluorescents. Els llibres de butxaca feien de colibrís, que s'aguantaven en suspens mentre movien frenèticament les ales.

La bibliotecària portava una gran capa, que s'arrossegava per terra, plena de plomes de paó; al cap hi duia una corona d'or amb brillants que reflectien la llum que entrava per les finestres, i a la mà dreta carretejava un bàcul tan alt com ella amb la punta plena d'urpes d'àliga. La bibliotecària s'havia transformat en la reina de les aus.

El nostre amic, amb la boca oberta i els ulls com taronges, la contemplava fascinat.

«No s'ha begut pas l'enteniment?», va pensar la Sara. Fins que no va picar ben fort de mans, el pobre vailet no va sortir de la seva fantasia. La Sara va tornar a ser la Sara d'abans i els ocells van tornar a ser el que eren, és a dir, llibres, tots ben ordenats a les prestatgeries de la biblioteca.

–Ep, que et passa alguna cosa? No estàs pas malalt, oi?

–No, no –va respondre rapidíssim en Pol.

–Bé, doncs, et preguntava si ja tens el que buscaves.

–Potser sí que sé on buscar-ho, però ara em fa falta trobar-ho, oi? –va contestar el noi amb un posat tímid.

–Molt bé, i si em diguessis què busques?

El xicot se la va mirar amb una mica de desconfiança.

–És possible trobar informació sobre els baobabs? –va preguntar finalment.

La Sara li va dir que l'acompanyés a la seva taula. Es va posar davant l'ordinador i en cinc minuts ja ho havia trobat.

–Segon prestatge, secció quarta, vuitè llibre. Però està escrit en anglès.

–Tant me fa –va respondre el noi.

–Segueix-me.

La Sara va pujar a una escala i va baixar un gran llibre amb unes tapes de pell negra i les lletres vermelles com la sang.

–Aquest llibre és molt antic i valuós i no pot sortir de la biblioteca. Així que si vols mirar-lo, has d'anar amb molt de compte.

–No pateixi, el tractaré molt bé –va respondre en Pol.

Era preciós, un llibre realment preciós, tot ell fet de pergamí, escrit i dibuixat a mà, d'una qualitat extraordinària. S'hi podien veure paisatges de sabana amb els seus baobabs acompanyats de figures humanes o animals ferotges. En Pol estava completament meravellat. De sobte, va veure un dibuix d'un paisatge amb una muntanya i un llac que s'assemblava molt al de la fotografia que en Joan tenia a l'aula. Al costat d'aquell llac hi havia el mateix poblat de forma circular amb cases fetes de fang. Al bell mig es trobava aquell arbre, el baobab, increïblement gran.

Va llegir a sota i hi posava: «The Tamango». A continuació va agafar un full i va començar a escriure el text sencer. El portaria a la seva mare perquè l'hi traduís. Quan va acabar, va tancar el llibre i va marxar cap a casa, però abans es va acomiadar de la Sara.

–T'ha servit de res el llibre que t'he donat? –va preguntar-li encuriosida.

–Ui, sí, ja ho crec. L'he deixat damunt la taula.

La Sara, quan en Pol va sortir per la porta de vidre, va anar de seguida a inspeccionar el llibre. Mentre el guardava a la prestatgeria, es preguntava per a què redimonis voldria aquell noi un llibre com aquest.

–Què em portes, aquí? –va preguntar la mare de seguida que va veure el paper escrit en anglès.

–És una feina d'escola per a naturals, hem d'estudiar la vegetació africana –va mentir en Pol.

La mare, que havia estat vivint a Anglaterra uns quants anys, escrivia i parlava l'anglès perfectament. Va agafar el paper i després d'uns minuts l'hi va tornar traduït al català.

–És força curiós aquest text que m'has

portat –li va dir mentre agafava el cistell de palla.

–Ah sí, què hi diu?

–Llegeix-ho tu, que ara tinc una mica de feina. He d'anar a comprar abans que no tanquin les botigues i després he de fer el dinar.

En Pol va marxar a la seva habitació i va començar a llegir aquell escrit:

«La tribu dels Tamango viu en una regió a l'interior de l'Àfrica. El seu poblat es troba al costat d'un llac d'aigües transparents, al peu mateix d'una muntanya. Unes cabanes fetes de fang amb els sostres de canya i herba formen un gran cercle al voltant d'un dels baobabs més impressionants que existeix en aquest continent. Aquest arbre mil·lenari els serveix de temple per a les seves cerimònies paganes. El dibuix el va fer Tom Smith, un explorador anglès, que va ser el primer europeu que els va descobrir. Quan va tornar a Europa, el senyor Smith va explicar coses molt estranyes pel que fa al baobab dels Tamango.

En una de les seves conferències va dir que els bruixots d'aquella tribu, quan estaven a prop de l'arbre, podien dominar la ment de les persones que tenien al seu voltant. El públic no se'l va creure i el senyor Smith va agafar fama de xarlatà».

En Pol, quan va acabar de llegir-ho, tenia la llengua seca i el cor li bategava més fort que mai. Tot i que se li feia difícil de creure, una sospita li voltava pel magí i no podia treure's del cap en Joan, l'escola, els seus companys i el baobab que hi havia en aquell test de ceràmica.

La tarda del dissabte la va passar estirat al sofà veient la televisió. A la nit, quan es va posar al llit tapat amb els abrigalls, la mirada se li'n va anar directament a la bombeta de l'habitació. Una arna volava fent ombres per la paret. En Pol, que aquell dia ja n'havia tingut prou amb la bibliotecària, la descoberta dels Tamango i tot el que passava a l'escola,

es va tapar amb els llençols. Una sensació d'ofec, però, el feia suar i amb un moviment ràpid va treure la mà de dins el llit, va apagar el llum i es va quedar a les fosques. «Demà serà un altre dia», va pensar.

8
CADIRES I TAULES VOLADORES

Els dies anaven passant i la relació entre en Pol i en Joan no millorava, més aviat al contrari. Com que els comunicats escrits a l'agenda del noi es produïen amb freqüència, els pares van decidir reunir-se amb el mestre la setmana següent.

Mentrestant, a l'hora del pati, en Pol, per la seva facilitat amb el bàsquet, s'havia convertit en un dels nois més populars de l'escola, però, a l'aula, els companys continuaven ignorant-lo.

La professora de gimnàstica havia organitzat uns partits entre les diferents classes i el dijous següent s'havia de jugar la final. Segurament, l'equip d'en Pol guanyaria, tot i que l'altre curs també tenia bons jugadors. Entre els alumnes hi havia força nerviosisme.

Va arribar el dia i, a l'hora de matemàtiques, en Pol va agafar un tros de paper, en va fer una bola i la va llençar a la paperera com si ho fes a una cistella de bàsquet. En Joan, quan el va veure, el va castigar sense sortir al pati i al noi li va caure el cel a sobre. El timbre va sonar i els alumnes es van aixecar de les cadires, amb l'apatia de sempre, com si no hagués passat absolutament res. En Pol es va apropar a en Joan i li va demanar «si us plau» que li canviés el dia de càstig, però aquest, inflexible, li va dir que no podia ser.

El marrec es va quedar assegut a la cadira mentre els seus companys marxaven en fila cap al pati.

No van passar ni dos minuts que en Joan tornava a entrar per la porta i la va tancar darrere seu. En Pol ni el va mirar, estava tan enfadat que el detestava profundament. Per orgull, i només per or-

gull, es va aguantar el plor. En Joan li va dir que s'apropés, i quan el noiet va aixecar la vista va notar un comportament estrany. A la taula del mestre hi havia el test de ceràmica, amb l'arbret, la caixeta de fusta, l'aspersori i el recipient amb les pedres. Quan en Pol va arribar al costat d'en Joan va començar a notar la mateixa oloreta dolça i aquella relaxació especial que havia sentit el primer dia que es va arrambar al baobab. En Joan se'l mirava amb ulls misteriosos a la vegada que movia els llavis xiuxiuejant aquella cançó que a en Pol no li era desconeguda. De sobte, el xicot es va tirar enrere i li va engegar:

–Tamango!

En Joan va sortir del seu estat cataleptic i va parpellejar unes quantes vegades.

–Com? Com dius?

–Tamango! –va tornar a dir en Pol, aquesta vegada amb més seguretat–. El teu baobab és de la tribu dels Tamango i amb ell tens poders màgics.

–Qui t'ho ha dit, això? –va preguntar en Joan mentre se li apropava.

–M'he informat a la biblioteca i a més t'he estat observant... Fas exactament el que va descriure l'explorador anglès Tom Smith respecte dels Tamango. Tots els meus companys, quan són a classe, es comporten com si no tinguessin imaginació, ni tan sols són capaços de pensar i actuar per ells mateixos. Els tens esclavitzats sota el teu poder i el d'aquest maleït baobab.

En Joan, que al principi es va quedar sorprès del que li deia el noi, va fer un somriure de prepotència i li va dir:

–Pol, i això ho has explicat a algú més?

–No, no ho he fet encara, però ara mateix ho faré saber a la directora.

Tot just va acabar de parlar, en Pol va anar directament a la porta i es va trobar amb la desagradable sorpresa que estava tancada amb clau. Es va girar i va veure com en Joan li ensenyava la clau mentre li deia en to burleta:

–És això, potser, el que vols?

–Tant me fa, saltaré per la finestra.

L'aula es trobava en un primer pis. Si el noi es llançava per la finestra, l'únic que es faria serien quatre esgarrinxades, però se sortiria amb la seva. En Joan, que el va creure capaç de fer-ho, va córrer cap a ell amb la intenció d'agafar-lo i apropar-lo al baobab màgic. Si ensumava el perfum de les pedres que hi havia al peu de l'arbre oblidaria tota aquella història.

En Pol, fugint d'en Joan, va començar a córrer per la classe. A mesura que es trobava amb una cadira o una taula, la feia caure expressament a terra posant-li obstacles per evitar que l'enxampés.

–De seguida que et vaig veure vaig saber que em portaries problemes –li deia en Joan mentre saltava per sobre dels mobles–. Llàstima que el primer dia que et vaig castigar es va acabar el pati massa aviat i no vaig poder continuar amb la cerimònia per por que em descobrís algun mestre. Ja em vaig adonar que m'havies descobert per l'escletxa de la porta, però tu encara no sospitaves res. Ara, això té una solució fàcil, un cop t'agafi entraràs a formar part d'aquesta colla de babaus que només fan el que jo dic. És la manera com funcioneu millor, sense fantasia, ni imaginació, ni llibertat, com uns autèntics estaquirots.

Com en un somni d'aquests en què encara que corris molt no pots desempallegar-te del teu perseguidor, així se sentia en Pol. Ara, després de córrer per tota l'aula, només quedaven dues taules dretes: la seva i la del mestre. En Joan no tardaria gaire a enxampar-lo. Fent un darrer esforç, el xicot va arribar a la taula on hi havia el test de ceràmica i l'endimoniat arbre i sense pensar-s'ho gens la va tirar per terra en el precís moment que en Joan l'agafava pel coll del jersei. Van rodolar tots dos acompanyats d'una gran trencadissa.

En veure el test fet mil bocins, el baobab amb alguna branca trencada i les pedres esmicolades, en Joan va clavar els dits a les espatlles del noi com si fos una

àliga.

–Has vist el que has fet?–cridava fora de si i amb una mirada assassina.

–Si no m'haguessis empaitat, no hauria passat –responia en Pol mentre notava que en Joan afluixava els dits i li allisava les arrugues del jersei. L'expressió de la cara li anava canviant! Després va veure que es mirava les mans, es fregava els ulls i reia tot content.

–Ja està!, ja està! –cridava, en Joan, saltant per la classe.

En Pol no sabia què fer. «Ara sí que he begut oli –va pensar–, no tinc escapatòria. Aquest està més boig que abans».

I quan ja es disposava a saltar per la

finestra, en Joan va córrer cap a ell amb els braços oberts i el va abraçar.

–Gràcies, Pol, gràcies per ajudar-me, a mi i als teus companys –li deia mentre s'eixugava les llàgrimes que li queien per les galtes.

Tot seguit, en Joan, veient la cara de sorpresa d'en Pol, li va explicar aquesta història mentre recollia el que hi havia escampat per terra.

–Fa uns cinc anys vaig fer un viatge a l'Àfrica amb un grup d'amics. A causa d'una ferida que em vaig fer amb una punxa d'acàcia, ens vam haver d'apartar de la ruta establerta. Després d'uns dies de caminar, vam arribar a un poblat molt primitiu amb unes cabanes que envoltaven un arbre, un baobab extraordinari. Com ja deus suposar, aquell poblat era el de la tribu dels Tamango. El guia ens va deixar als afores mentre negociava amb el cap de la tribu i els seus bruixots.

»A mi sempre m'han agradat els arbres i sobretot els arbres grans, monumentals, mil·lenaris... En tots els països on he estat, i són molts, sempre m'he fet una foto o tinc un record d'algun arbre amb aquestes característiques. De fet, la ferida que tenia era d'una de les acàcies més grans que hagi vist mai. Vaig voler fer-m'hi una foto i, quan estava pujant a la branca més baixa, vaig relliscar i em vaig clavar una punxa llarga com una espasa. Al cap d'un parell de dies, la ferida es va infectar. Quan vaig veure aquell baobab ja no recordava el mal que tenia i no em podia quedar allà palplantat mirant-lo des de lluny. Vaig convèncer un amic d'aproximar-nos fins al poblat; no va ser difícil, era el migdia i tothom estava dins de les cabanes. Però ens vam equivocar, al costat mateix d'aquell enorme tronc hi havia un bruixot mig endormiscat que quan em va veure que tocava l'escorça de l'arbre va xisclar enfollit. De tot arreu van sortir uns indígenes armats amb unes llances que feien feredat. Vaig pensar que tenia els segons comptats. Gràcies a les negociacions del nostre guia, al meu rellotge de polsera, l'anell d'or que portava, un matxet nou de trinca que m'havia regalat el meu pare per a aquest viatge i no sé quantes coses més, vaig poder salvar la vida. Van passar uns minuts i, ja sigui per l'ensurt o bé per la pèrdua de sang a causa de la ferida, vaig perdre el coneixement.

»Hores més tard vaig despertar-me estirat a terra damunt d'unes estores de palla. Al meu costat tenia l'amic que m'havia acompanyat en l'aventura amb el baobab; la resta dels companys havien marxat a buscar un totterreny per fer el viatge de tornada. Estàvem a l'última cabana del poblat, la més apartada de l'arbre. Teníem sempre dos homenassos a la porta armats amb llances. Els Tamango ens cuidaven bé i la meva ferida va deixar de sagnar de seguida. M'hi havien posat unes fulles i, a dintre, unes pedretes especials que m'eren completament desconegudes. Cada dia me les canviaven i jo, sense que es notés, n'agafava un parell i me les guardava a la butxaca dels pantalons. Tenia la intenció d'examinar-les un cop arribéssim a casa. Un dia, quan va entrar un dels fetillers de la tribu a curar-me, vaig treure del sarró un petit àlbum de fotos amb els arbres que havia conegut –en tinc moltes còpies i sempre en porto una quan viatjo–. Se'l va quedar mirant com un mussol i, després d'agafar-me'l, va sortir corrents de la cabana. El meu amic i jo ens vam quedar sense saber què dir. No van passar ni

dos minuts, que es va presentar el cap dels bruixots. Parlava molt de pressa, però no se'l veia enfadat, sinó més aviat encuriosit. Vam suposar que li havien fet gràcia les fotos; segur que no n'havia vist mai cap abans. Llavors em va fer senyals que l'acompanyés, vam anar al mig del poblat on es trobava el magnífic arbre i em va fer seure damunt d'unes pedres que hi havia al voltant de la soca. Tenien la mateixa textura que les que em posaven per guarir-me la ferida. Després va començar a cantar com si fes sonar un tambor i, de seguida, vaig notar una olor dolça i suau que em va deixar completament relaxat. Abans de tornar a la cabana em va donar un grapat de llavors del baobab. Suposo que ho va fer en descobrir la meva dèria pels arbres.

»Cada vespre quan s'amagava el sol sentíem cantar la mateixa cançó, la mateixa tonada. No ens deixaven sortir de la cabana en tota la nit. A còpia de sentir aquella cançó tantes vegades, la vaig aprendre de memòria.

»Havien passat uns quants dies, quan la resta de l'expedició va tornar amb dos vehicles. En un hi portaven un munt de regals per compensar les molèsties causades. Un cop els vam haver repartit, vam pujar als vehicles i vam iniciar el viatge cap a casa. Els quinze dies que em faltaven per acabar les vacances els vaig dedicar a documentar-me sobre tot el que feia referència als baobabs i a la tribu dels Tamango. A la primavera següent, d'una llavor de les moltes que vaig plantar, en va sortir un petit baobab. Una nit, que era a casa amb una colla d'amics, vaig provar d'enredar-los fent una mica de comèdia. Amb les pedres que tenia, el baobab que començava a fer goig, la cançó que havia sentit tantes vegades i algun invent de part meva, com l'aspersori i les pólvores, que eren miquetes de canyella, vaig inventar-me una cerimònia. El resultat va ser extraordinari, els meus amics van quedar hipno-

titzats. Però el millor de tot va ser que quan es van despertar no es recordaven de res. Em vaig dir a mi mateix que això podria ser bo per tranquil·litzar els ànims una mica esverats dels meus alumnes, i així ho vaig fer. Feia dos cursos que ho estava aplicant a la classe i vaig veure que treballaven moltíssim més i d'aquesta manera adquirien més coneixements. Però això tenia un preu: de mica en mica, la imaginació, la fantasia i altres qualitats dels alumnes desapareixien i només es dedicaven a treballar. Vaig decidir que ja n'hi havia prou, però va resultar que una força incontrolada m'empenyia a utilitzar els poders

dels Tamango. Tenia dues personalitats: l'una, que em deia que continués amb aquesta màgia, i l'altra, que destruís el malaurat arbre. Sempre guanyava la que volia continuar amb el baobab. Només una persona estranya, desconeixedora de tot això, podia acabar amb aquesta maledicció i aquesta persona has estat tu.

En Pol, ràpid de pensament, com sempre, va veure la cara d'autèntic penediment del pobre professor, i una idea precisa i clara se li va aparèixer:

–I si el tornes al lloc d'on l'has tret? –va preguntar.

En Joan va dubtar uns segons.

–Tens tota la raó del món, Pol. Aquest estiu podria organitzar un viatge a l'Àfrica i tornar el baobab allà on pertany, a la tribu dels Tamango. Estic segur que ells en faran més bon ús.

Mentre en Joan i el Pol acabaven d'escombrar i deixaven la classe endreçada, els companys i companyes entraven tots enjogassats:

–Ei, Pol, la profe de gimnàstica ha dit que si avui no podies jugar ajornava el partit de bàsquet fins un altre dia.

En Joan, fent-li l'ullet, el va agafar per l'espatlla i va dir ben fort:

–Doncs, ara mateix farem una pancarta per animar els jugadors!

Mentre per les finestres de l'escola sortien crits de «visca», a milers de quilòmetres d'allí, en una regió inhòspita de l'Àfrica i a sota d'un gran arbre, un grup de bruixots cantava una cançó que recordava el so dels tambors.

Índex

Han escrit i han dibuixat...

Toni Villalobos

Mentre l'àvia rondinava al menjador, jo em cruspia un entrepà i gairebé no vaig parar atenció al que deia, perquè m'esperaven per anar a jugar. Al vespre, era la mare qui es barallava amb no sé què, però tampoc no en vaig fer gaire cas. Me'n vaig anar al llit mentre sentia com l'àvia i la mare deien que s'havia de prendre una determinació. Amb la finestra oberta i una tela mosquitera per no deixar passar els mosquits, vaig tancar els ulls. Al Delta de l'Ebre, i en concret a Sant Jaume d'Enveja, d'on sóc jo, a l'estiu, si no dorms amb la finestra oberta de bat a bat, difícilment pots agafar el son.

L'endemà ja tenia els amics amb el banyador preparat per llançar-nos de cap al canal quan vaig veure l'àvia i la mare escombrant frenèticament. L'àvia xisclava i anava repetint: «No puc més, no puc més!». La mare responia: «És horrorós, és horrorós!». Intrigat, vaig preguntar què passava. «Són les formigues», va aclarir l'àvia. Amb gran decisió vaig agafar l'escombra i em vaig disposar a lluitar contra aquell exèrcit que les treia de polleguera. Al costat de la paret, formant una filera negra i bellugadissa, vaig veure les futures víctimes. M'hi vaig acostar i hi va haver una cosa que em va cridar l'atenció: aquelles formigues no eren totes iguals, n'hi havia de més grosses i de més petites, i no totes tenien les mateixes potes. Me'n vaig mirar una de prop i el que vaig veure no va ser una formiga, sinó la lletra *E*. Amb la boca oberta per la sorpresa, vaig resseguir la corrua que pujava pel marc de la porta i anava a parar als prestatges de la llibreria on tenien el cau: un llibre. El vaig obrir i em vaig sentir atrapat per aquelles formigues-lletres que explicaven aventures, llegendes, contes..., i encara avui em tenen subjugat. Ara, al cap d'uns quants anys de treballar com a mestre i de ser pare de tres fills, em dedico a omplir els fulls de formigues.

Lluís Filella

Vaig néixer a Barcelona el 1961 i, tot i que sempre m'ha agradat dibuixar, la meva primera intenció va ser fer-me... sí, advocat. I això vaig estar fent durant alguns anys, fins que em vaig adonar que no era el que jo volia. I aleshores vaig començar a tornar enrere, a mirar de guanyar-me la vida amb els meus gargots.

«Boig, està com una cabra», pensaven els meus companys advocats, mentre em miraven amb cara de llàstima (o era enveja?), però jo crec que no, que està boig aquell que gasta el seu temps en coses que no l'interessen i es va convertint en una màquina.

Així que he anat canviant la corbata pel llapis. No ha estat fàcil, però val la pena. I aquí continuo, amb els llapis i les aquarel·les, i amb la meva vella Vespa, que sap de memòria el camí de totes les editorials, i damunt de la qual un tipus amb corbata seria ridícul.